BRÉTIOLL & HENRI TINANT

La source merveilleuse

FOLIE MINÉRALE EN UN ACTE

4 H.   2 F.

PARIS

C. JOUBERT, Éditeur, 25, rue d'Hauteville.

Répertoire de la Société Lyrique.

Anciennes Maisons BRANDUS & JOUBERT réunies

C. JOUBERT, Successeur

ÉDITEUR DE MUSIQUE

PARIS. — 25, Rue d'Hauteville, 25. — PARIS

RÉPERTOIRE
DES OUVRAGES DE CONCERT EN UN ACTE.

ABRÉVIATIONS : D. Veut dire du répertoire de la Société Dramatique, 8, rue Hippolyte Lebas. — Le surplus appartient au répertoire de la Société Lyrique, 10, rue Chaptal.

LOC. Veut dire : La musique n'est qu'en location et ne se vend pas.

Opérettes et Vaudevilles de Concert.

AUTEURS	TITRES DES ŒUVRES	Hommes.	Femm	Prix nets
Saint-Maurice.	Abricot (L') d	troupe	»	loc,
D. Campisiano.	Absalon	2	1	6 »
Vallès-Garnier.	Affaire Cœurdeveau (L')	5	1	loc.
St-Paul-G. Rose fils.	Agence est au-dessus (L')	3	3	4 »
Y. Bernicat.	Agence Rabourdin (L')	1	1	5 »
Japy.	A huitaine	troupe	»	5 »
C. Roland.	Aiguilleur (L') d	1	1	loc.
Bessière-Ruffier.	Ami Vandière (L) d	7	6	loc.
Lebreton-St-Paul.	Amour en dentelles (L')	2	2	loc.
G. Street.	Amour en livrée (L')	3	1	5 »
Desormes.	Amour et l'appétit (L')	1	1	4 »
Vallès-Garnier.	Amour et sauvetage	3	2	loc.
A. Petit.	Amoureux d'Yvonne (Les) d	5	3	loc.
V. Roger.	Amour Quinze-Vingt (L')	x	1	4 »
Sottin, Boulay-Layrice.	Amours d'un piston (Les)	3	2	loc.
Desormes.	Antoine et Cléopâtre d	2	1	4 »
Bessier-Moreau.	Aphrodites (Les) d	4	8	loc.
Dorfeuil-Moreau	Après la vie de Bohême d	troupe	»	loc.
J. Emmecé.	A qui le gosse ?	troupe	»	loc.
Monnery-Marien.	Argot tel qu'on le parle (L)	5	3	loc.
M. Chautagne.	Arracheuse de dents (L')	2	1	4 »
Bourel, Roydel, Monjardin	Artistes pour rire d	6	4	loc.
Geralay.	Ascension du Mont-Blanc (L')	1	1	4 »
L. Martin-Duhem	Auberge du Tambour battant (L')	2	2	loc.
Oudot-de Gorsse	Au Chat qui pelote d	troupe	»	loc.
Banès.	Au Coq huppé	3	2	5 »
Uzès	Au soleil d'or d	3	2	6 »
Lebreton-Moreau	Au temps des cerises d	5	3	loc.
Guérineau.	Auteur par amour	1	2	5 »
Lebreton-Moreau	Autour d'une guérite d	3	2	loc.
Henry Moreau.	Avant le bal	1	1	3 »
Colonge, Garofalo, Combret	Baba Bouzouck d	5	6	loc.
Deransart.	Baigneur et nageuse	1	1	3 »
Antigeon, Bourel-Roydel.	Baigneuses de Cocotteville (Les)	5	9	loc.
Leserre.	Barbe-Bleue	1	»	2 »
Réusée-Tranchant.	Bataillon Desroches (Le) d	10	10	loc.
Antigeon-Desplau.	Battage (Le)	2	1	loc.
A. Moyne.	Béguin d	2	1	loc.
Mestic-Aubry.	Belle Dinde (La)	9	11	loc.
Lebreton-St-Paul.	Belle-mère est sans pitié (La)	2	2	loc
Moreau-Touzé.	Belle-mère, nouveau jeu	1	3	loc.
Wachs.	Bibi ou l'Enfant de l'Amour	1	1	4
Cellier-Joullot.	Boudoir discret	2	1	loc.
Moreau-Gramet.	Bougnol et Bougnol	4	2	loc.
Villebichot.	Boum ! Servez chaud	3	2	4 »
Hubans.	Brelan de bègues	2	1	5 »
F. Bernicat.	Cadets de Gascogne	troupe		7 »
Banès.	Cadiguette (La)	1	1	5 »
Javelot.	Calino amoureux	2	1	3 »
Lebreton et Soudant.	Camelots (Les)	6	5	loc.
Chevalet-Audray	Canne d'un grand homme (La) d	2	2	loc.
Lebreton-Moreau	Ça porte bonheur	5	3	loc.
V. Herpin.	Capricorne (Le)	troupe	»	loc.
F. Barbier.	Carmagnole (La)	3	3	5 »
Lebreton-Moreau	Carnaval conjugal (Le) d	9	9	loc.
A. Berthon	Carnaval des 4 z'arts	6	2	loc.
Antigeon-Desplau.	Cascadin et Cie	6	5	loc
Chabaud, Colonge Tranchant	Ce pauvre Bobinet	2	1	loc.
E. Soudant.	Ces canailles de couturières ! d	6	6	loc.
Chelu	Chambre à louer d	1	1	2
Cuvillier	Chambre à part d	4	2	loc.
Henry Moreau.	Chambre de bonne d	3	2	loc.
V. Roger	Chanson des Ecus (La)	3	1	4 »
P. Henrion.	Chanteuse par amour (La) d	»	1	6 »
E. André.	Chaos (Le)	1	1	4 »
Moreau-Boucherat.	Chasse royale d	troupe	»	loc.
Lebreton-Moreau	Chasseurs Alpins (Les) d	6	6	loc.
Cieutat.	Chaste Suzanne (La) d	troupe	»	4 »
H. Gilbert.	Chaste Suzanne :			
Yvel	Chéri des Dames	troupe		loc.
Bourel, Roydel, E. René	Chevalier Tric-Trac (Le)	2	8	loc.
Dourel-Roydel.	Chez la Costumière d	troupe	»	loc.
Meynard.	Chez le dentiste	3	1	8 »
Lhuillier	Chez les Corniquet	1	»	1 »
C. Rosenquest.	Chicard et Bébé	1	1	4 »
Bomier.	Chien et Chat d	4	1	5 »
Boulay-Layrice.	Choc en retour d	2	2	loc.
Moreau-Gramet.	Cinq contre un	3	3	loc.
E. Brasseur-L.T.	Circulaire du Préfet (La)	6	2	loc.
Villebichot.	Cirque Ponger's (Le)	troupe	»	5 »
Bessière.	Clou (Le)	2	2	loc.
L. Collin.	Coco Bel-Œil	3	1	6 »
A. Petit.	Cocotte et chiffonnier	1	1	5 »
Villemer-Delormel-Péricaud	Colosse de Rhodes (Le)	3	»	4 »
A. Petit.	Confections pour dames	2	4	5 »
L. Bouvet-Schmoll	Congrès des Cocottes (Le)	5	7	loc.
Lebreton-Moreau	Conscrits bretons (Les) d	7	5	3 »
L. Collin.	Conscrit tyrolien (Le)	1	1	3 »
E. Brasseur.	Constat d'adultère	6	3	loc.
Habrekorn et P. Marc	Contes de Piron (Les)	2	10	loc.
Lebreton-Moreau	Contrôleur des Wagons-Bars (Le)	5	3	loc.
Lebreton-Moreau	Cote et Cocottes	4	4	3 »
C. Roland	Courroie (La)	2	1	loc.
J. Marc et G. Habrekorn	Course aux pantalons (La) d	6	4	loc.
Guillemaud-de Marsan	Culotte à l'envers (La)	15	10	loc.
De Roze et d'Arsay	Culotte du marié (scène) (La)	1	»	1 »
Lebreton-Moreau.	Dans cent ans d	troupe	»	loc.
Sourilas.	Dégrafée d	3	3	5 »
Cellier-Gramet.	Demoiselles Plumemboy (Les)	3	4	loc.
Marc Sonal-Pierre Laurey	Départ du régiment (Le) d	5	10	loc.
St-Paul-G. Rose fils	Dernière carotte (La)	3	2	loc.
L. Lefèvre.	Dernier verre (Le)	2	1	4
F Barbier.	Deux amours de chandeliers	1	1	5 »
F. Matz.	Deux avares (Les) d	2	1	8 »
Ch. Hubans.	Deux coqs vivaient en paix	2	1	6 »
F. Gracia.	Deux estafiers (Les)	2	»	2 »
Vallès-Garnier.	Deux femmes de M. Grochose (Les)	3	2	loc.
M. Chautagne.	Deux muses (Les)	2	»	4 »
F. Barbier.	Deux parfaits notaires (Les)	2	»	4 »
Hervé-Lécocq.	Deux portières pour un cordon d	3	»	4 »
Moreau-Boucherat.	Diable au Moulin (Le)	4	8	loc.
Gramet-Talber.	Doigt coupé (Le)	troupe	»	loc.
Léon Laroche.	Domestique pour rire (Un)	1	1	4 »
Saint-Maurice.	Doubles Vierges (Les) d	troupe	»	loc.
Sourilas	Drapeau jaune (Le) d	4	2	4 »
Bouvet-Serry.	Dupont et Dupont	4	3	loc.
Sottin, Boulay-Layrice.	Durifiard	5	2	loc.
L. Bouvet-Schmoll	Echange de bals	5	5	loc.

BRIOLLET & HENRI TINANT

La source merveilleuse

FOLIE MINÉRALE EN UN ACTE

4 H.   2 F.

PARIS

C. JOUBERT, Éditeur. 25. rue d'Hauteville.

Répertoire de la Société Lyrique.

Tous droits d'audition, de représentation et de traduction réservés pour tous pays.

LA SOURCE MERVEILLEUSE

FOLIE MINÉRALE EN UN ACTE

De MM. BRIOLLET & HENRI TINANT

PERSONNAGES

VALMONDOIS, propriétaire d'une station thermale . . . . .
ONÉSIME, chef de cuisine, neveu de Valmondois, (*costume de cuisi-
nier*) . . . .
VÉSINET . . . .
LORD SHIKFORD . . . . :

SUZANNE, fille de Valmondois . . . .
PAMÉLA, cocotte . . . .

Un bureau de station thermale près de la Bourboule.

SCÈNE PREMIÈRE

Valmondois, Onésime, Suzanne.

(Au lever du rideau Valmondois finit d'écrire au bureau. De l'autre côté, Suzanne brode. Au fond, Onésime, triste, réfléchit et lance des regards timides à Suzanne).

VALMONDOIS, *écrivant.*

« A maître Bafourdin, notaire » *(Parlant)*. Là... Voilà qui est fait... *(A part)*. Eh ! Eh !.. Quarante mille francs par le temps qui court, c'est une aubaine qu'il ne faut pas laisser échapper, d'autant plus qu'ils arriveront à point. Je me voyais obligé de mettre la clef sous le paillasson. *(Appelant)*. Onésime ! *(Onésime ne bouge pas)*. Onésime ! Ben quoi ?.. Tu dors ?

ONÉSIME, *sortant de sa rêverie.*

Mon oncle ?

VALMONDOIS

Pourquoi ne me réponds-tu pas ?.. Qu'est-ce que tu fais ?

ONÉSIME

J'attends qu'il vienne un baigneur, mon oncle; depuis trois ans que je suis dans votre station thermale, je passe mon temps à ça.

VALMONDOIS

Un baigneur !.. Un baigneur !.. C'est toujours la même chanson avec toi. . Je ne peux pourtant pas aller les prendre de force et les amener ici par une patte.

ONÉSIME

N'empêche que vous me faites faire un drôle de métier... Sous prétexte de figurer la clientèle, vous me faites prendre toutes sortes de déguisements; faut que je boive de l'eau de votre source, que je me baigne vingt-cinq fois par jour dans la piscine, pour faire croire aux gens du pays que vous avez des malades...

SUZANNE

Il a raison ce pauvre garçon... aussi, quelle idée, papa, de vouloir faire concurrence à la Bourboule dont l'eau est si renommée.

VALMONDOIS

Y a pas qu'à la Bourboule qu'il y a de l'eau, nous en avons aussi à Bézy-les-Bains.

ONÉSIME

De l'eau de la rivière, tandis qu'à la Bourboule c'est de l'eau minérale.

VALMONDOIS

Tout ça c'est de la frime !... De l'eau, c'est toujours de l'eau... Qu'elle soit de la rivière ou qu'on la mette en bouteille, c'est toujours la même liquide ;... Il n'y a que l'imagination des malades qui y fait quelque chose.

SUZANNE

En attendant, ma dot est mangée et je ne me marie pas.

VALMONDOIS

Fais comme moi... prend patience... Quand il n'y aura plus de place à la Bourboule, faudra bien que les nigauds qui se croient malades viennent ici... Le tout, c'est d'avoir un peu d'argent pour faire de la réclame et justement...

SUZANNE

Justement ?

ONÉSIME

Quoi donc ?

VALMONDOIS

La fortune est en route pour venir chez nous,.. elle va arriver tout à l'heure par le train de midi cinquante... je vais la chercher à la gare, la fortune...

SUZANNE

Mais, papa, explique-toi...

VALMONDOIS

J'ai pas le temps... je ne veux pas rater le train... (*A Suzanne*). Tu rangeras mes papiers dans le secrétaire. (*A Onésime en sortant*). Toi, tu iras jeter cette lettre à la poste tantôt. (*Il lui donne la lettre et sort*).

SCÈNE II

Onésime, Suzanne.

SUZANNE

Qu'est-ce que c'est que tout ce manège-là ?

ONÉSIME, *lisant l'adresse de la lettre, à part*.

A maître Bafourdin, notaire,... Encore ?.. C'est la sixième depuis huit jours. (*Haut*) Suzanne, ma cousine...

SUZANNE

Onésime, mon cousin...

ONÉSIME

Il se trame ici quelque chose de ténébreux.

SUZANNE

Vous m'effrayez...

ONÉSIME

Ces allées et ces venues de votre père chez son notaire, ces lettres qu'il lui écrit à chaque instant...

SUZANNE

Eh bien ?

ONÉSIME

Ça ne me dit rien de bon... d'ailleurs, je vais en avoir le cœur net. (*Il va fouiller dans les papiers de Valmondois*).

SUZANNE

Que faites-vous là, Onésime ?

ONÉSIME

Vous le voyez, Suzanne, je cherche... L'évangile a dit : cherchez et vous trouverez... le pot aux roses...

SUZANNE

Mais c'est la correspondance à papa.

ONÉSIME

Je le sais parbleu !.. C'est même pour cela que je regarde.

SUZANNE

Mais c'est de l'indiscrétion.

ONÉSIME

Parfaitement !.. L'indiscrétion est très utile pour apprendre ce qu'on ignore.

SUZANNE

Eh bien !.. vous en avez de l'aplomb, vous savez...

ONÉSIME

Tant pis pour votre père !.. S'il ne nous faisait pas de cachotteries, s'il nous racontait ses affaires, cela ne lui arriverait pas. (*Montrant un papier ; très ému*). Ah ! là !.. qu'est-ce que je vous disais ?.. J'en étais sûr !

SUZANNE

Qu'est-ce que c'est ?

ONÉSIME

C'est affreux !.. écoutez plutôt. (*Haut, lisant*). Chez monsieur Valmondois, je vous ai trouvé le commanditaire que vous désirez pour votre établissement thermal. Ce sera pour vous d'autant plus avantageux que vous n'aurez ni capital à rembourser ni intérêts onéreux à payer. Ledit commanditaire se présente comme prétendant à la main de votre charmante fille dont je lui ai touché deux mots...

SUZANNE

Tiens ! Tiens !.. cela devient intéressant.

ONÉSIME, *bondissant*.

Ah ! vous trouvez ça intéressant, vous ?.. mais c'est une horreur ! (*Continuant à lire*). C'est le fils d'un de mes meilleurs clients, monsieur Vésinet ;.. après avoir, pendant trois ans, suivi les cours de médecine vétérinaire à Paris, a il dû revenir au

pays remplacer son père dans les travaux d'éle-
vage... Le jour de la signature du contrat de
mariage il mettra 40.000 francs dans votre exploitation. Certain que vous serez content de le recevoir, je vous l'envoie par le train de midi cinquante. Bien à vous, Bafourdin, notaire. (*A
Suzanne*). Eh ! bien, si s'est cela qu'il appelle la
fortune, mon oncle, je ne lui en fais pas mon
compliment.

SUZANNE

Je ne suis pas de votre avis et pour peu que le
jeune homme soit présentable et bien élevé ..

ONÉSIME

Vous consentiriez après ce que vous m'avez
promis ?

SUZANNE

Promis ! Promis ! Vous m'aviez bien juré, vous,
que vous parleriez à papa, et voilà 6 mois que je
vous attends... si vous croyez que c'est drôle.

ONÉSIME

Je n'ai pas encore osé, mais ça viendra... ça
viendra.

SUZANNE

Trop tard, Monsieur ! (*A part*) Ah ! mon Dieu !
Je suis tout en négligé, je cours m'habiller pour
recevoir ce jeune homme (*Fausse sortie.*)

ONÉSIME

Suzanne !

SUZANNE

Je n'aime pas les poltrons, moi, Monsieur (*A
part*) Je ne suis pas fâchée qu'il se présente un
rival, ça le décidera peut-être à parler à papa. (*Elle
sort.*)

SCÈNE III

Onésime, *puis* Lord Shikford, *et* Paméla.

ONÉSIME, *seul.*

Oh ! les femmes ! croyez donc à leurs belles
promesses.

SHIKFORD, *entre avec Paméla.*

Good Morning, sir. (*Il regarde de tous côtés.*)

ONÉSIME, *saluant.*

Des Anglais ?.. pas possible ! ils auront pris la
maison pour la gare (*Haut*) M' et Madame désirent ?

SHIKFORD

Moà, je désirais rienne du tout, je regardais
seulement.

ONÉSIME

Ah ! Très bien, continuez. (*Il va pour sortir,
Paméla s'asseoit et lit des journaux.*)

SHIKFORD, *retenant Onésime.*

Pardonne !.. maintenant que je avais vu... une
petite renseignement.. Est-ce qu'il y avait beau-
coup de clients dans cette stationnement ?

ONÉSIME,, *à part.*

Serait-ce un malade ?.. Attention ! (*Haut*) des
clients ? mais c'est-à-dire que nous ne savons plus
où les mettre, nous allons être forcés de nous
agrandir.

SHIKFORD

Aoh ! Very Vell ! alors l'eau de vous il était
vertueuse.

ONÉSIME

Je vous crois, elle est absolument pure.

SHIKFORD

Nao ! Je vôlais dire, si elle était efficace pour le
médicationne.

ONÉSIME

Quant à ça, aucune eau minérale ne lui est
comparable. (*A part*) Et pour cause.

SHIKFORD

Est-ce que vous guérissez le mélédie de moà ?

ONÉSIME

Notre eau guérit tout, Monsieur.

SHIKFORD

Aoh ! C'est que je avais le constipation chronique.

ONÉSIME

C'est la spécialité de la maison... Notre eau est
laxative au suprême degré, nous avons été obligés
d'établir soixante water-closets.

SHIKFORD

Aoh ! j'étais bien heureux.

ONÉSIME

Nous fournissons même l'étranger ; tenez, der-
nièrement encore, nous en avons envoyé au Trans-
vaal pour relâcher les prisonniers Anglais.

SHIKFORD

Aoh ! Très bienne !.. Je suis enchanté... vô
étais le patronne de cette casino ?

ONÉSIME

Non ! Je suis le chef, le patron est sorti, vous le
verrez tout à l'heure.

Shikford

Attendez! (A Paméla) Médème. (Paméla s'avance.) Sàlouiez monsieur le chef de couisine.

Paméla, *lorgnant Onésime.*

Il a une bonne balle.

Shikford

Very Well... allez asseoir vô.

Paméla

Vô toi-même *(Elle va s'asseoir.)*

Shikford, *à Onésime.*

Je avais pris médème une Parisienne pour mon enseignement... Je voyageais biaucoup toujours yes ! et je prenais toujours une dème pour perfectionner moà dans le parlement du pays où je étais... s'il vô plait, faisez préparer mon chambre, je restais ici...

Onésime

Bien, mylord. *(A part en sortant)* Mon vieux, j'ai bien autre chose en tête... j'ai l'étudiant en médecine qui me travaille. *(Il sort.)*

SCÈNE IV

Shikford, Paméla.

Shikford

Aoh ! my dear, je étais heureux, si cette garçonne disait vrai, nô restons ici...

Paméla

Ça ne serait pas trop tôt qu'on se repose les ripatons... depuis 3 mois qu'on balade sa viande.

Shikford

Aoh ! Je avais baladé mon viande encore plus que ça .. Je avais parcouru toute l'Europe et je baladais moà tant que je trouverai pas la source merveilleuse qui...

Paméla

Oui... l'eau courante.

Shikford

Yes !.. L'eau qui empêchait moi de retenir mon respiration.

Paméla

Ah ! la barbe ! mets-y un bouchon !

Shikford

Inioutile ! il y en avait déjà une.

Paméla

C'est entendu, ne me rase pas.

Shikford

Cette pays était ravissante.

Paméla

Oui, comme camberousse c'est réussi. Ça sent le pétrousquin à plein nez.

SCÈNE V

Les Mêmes. Onésime.

(Onésime entre grimé en rastaquouère. Il passe en se tenant le ventre.)

Onésime, *à part.*

Ah ! l'Anglais est encore là ! Jouons bien notre rôle. *(Il se tient le ventre)* Oh ! la la ! oh ! la la ! *(Il va pour sortir.)*

Shikford

Aoh ! un baigneur sans doute ! *(Appelant Onésime)* Môssieur, je désirerais parler à vô !

Onésime

Eh ! per la Madone !.. faites vite... ze souis pressé.

Shikford

Vô était mélède ?

Onésime

Oui, ze l'étais... mais ze ne le souis plous.. Depuis que ze souis ici... ze vais très bien... ze vais même tout le temps.

Shikford

Vô avez une mélèdie très grave ?

Onésime

Ze crois bien... oune constipation opiniâtre ; ze souis resté zousqu'à quinze jours sans résultat. maintenant, c'est miracouleux, mon cer. Depouis que ze bois de cette diablesse d'eau, ze marce comme une horloze... Mais pardon, ze vous quitte... ze n'ai pas le temps. *(Il sort en courant)* Pourvu qu'il y ait de la place.

SCÈNE VI

Shikford, Paméla

Shikford

Vô avez entendu, médème ?

Paméla

Oui, paraît qu'il y a de la presse.

Shikford

Il marchait comme une horloge... Je allais pouvoir aussi faire fonctionner mon cadran.

PAMÉLA

Ben mon vieux, ça sera bien ton tour... voilà assez longtemps que tu me fais le même effet.

SHIKFORD

Ce était entendu, nô restons ici jusqu'à le guérissement de moâ, et nous reprenons tout de suite le leçon française pour perfectionner mon parlement...

PAMÉLA, *nonchalante.*

Si vous voulez. (*A part*) J' te vas en coller du français moi, attends.

SHIKFORD, *tirant un calepin.*

Aoh ! Je prenais note, comment vô disais pour demander le déjeuner ?

PAMÉLA

Ben ! faut dire : son gnasse voudrait se les caler.

SHIKFORD

Très curieux... Je notais. (*Il écrit*) Se... les... caler. (*A Paméla*) Et pour revenir dans la maison, comment vous dites ?

PAMÉLA

Je rapplique à la canfouine... Je renquille dans la tôle... ou je radine à la carrée.

SHIKFORD

Très bien. (*Il écrit*) Rappliquer le canfouine. (*Parlé*) Et pour mettre nous dans le lit ?

PAMÉLA

D'abord, c'est pas un lit, c'est un plumard... quand on s'y colle, on appelle ça se pagnotter.

SHIKFORD

Pagnotter ?.. Je avais pas encore entendu cette mot.

PAMÉLA

Truffe va !.. Je me demande un peu qui vous apprend le français dans ton patelin... Tiens, je parie une thune que tu ne sais pas le nom de tes tartines ?

SHIKFORD

Tartines ?.. sandwichs pour manger ?

PAMÉLA

Mais non, betterave !.. Tes croquenots là
(*Montrant les souliers.*)

SHIKFORD

No ! Je savais pas...

PAMÉLA

Eh ! bien, c'est des ribouis.

SHIKFORD

Very well... Je notais... ribouis...

PAMÉLA

Eh ! bien et ça. (*Elle montre le pantalon de Shikford.*)

SHIKFORD

Shoking ! ça avait pas de nom en Angleterre.

PAMÉLA

Ben ici, c'est un culbutant.

SHIKFORD, *écrivant.*

Culebutant !

SCÈNE VII

LES MÊMES, Onésime.

(*Onésime rentre en Auvergnat.*)

ONÉSIME

Bougri de bougra ! de fouchtra, de galapiat, je chuis empoijonna.

SHIKFORD

Encore une mélède !

PAMÉLA

Ça doit être un hongrois.

ONÉSIME

Pardon, meschieurs, mesdames, ne faites pas jattention, je dis que je chuis empoijonna mais ch'est pour de rire, j'ai tellement bu de chette chaloperie d'eau que cha me fait une révoluchion dans les inteschetins.

SHIKFORD

Vô avez bu de l'eau ?

ONÉSIME

Eh ! oui que j'en ai bu ! et que je vous réponds que cha m'a ramona du haut en bas.

PAMÉLA, *à part.*

Voyez apéritif !

SHIKFORD

C'était merveillous ; je volais tout de suite voir le source. Vô indiquez moâ s'il vous plaît.

PAMÉLA

Ça y est ! v'là l mon fourneau qui se rallume.

ONÉSIME

La chourche ! Eh ! bougri ! Ch'est bien fachile, ch'est là, dans la cour,.. la première à droite, mais ne vous trompa pas, à cocheté, cha vous ferait l'effet contraire. Il y a ichi des chourches pour toutes les maladies.

SHIKFORD, *à Paméla.*

Venez, médème, nous allons voir le source.

PAMÉLA

C'est ta tournée ?... Ben mon vieux, tu sais, j'aimerais mieux une bleue...

SHIKFORD

Une bleue ?

PAMÉLA

Oui, une verte, quoi...

SHIKFORD, *écrivant.*

Bleue, et verte ce était la même chose...
(Ils sortent laissant Onésime seul.)

SCÈNE VIII

Onésime, *seul, ôtant sa perruge et son chapeau d'auvergnat.*

Et voilà le métier que mon oncle me fait faire pour amorcer les gogos : je suis tour à tour bossu, boiteux, manchot, rhumatisant, fiévreux ; et chaque fois la source me guérit. Seulement ça n'attire personne... et pour me remercier mon oncle donne sa fille à un autre,.. Diable, le voici... avec un étranger, sans doute le futur. *(Il sort)*

SCÈNE IX

Valmondois, Vésinet *puis* **Suzanne.**

VALMONDOIS

Tenez, monsieur Vésinet, mon gendre, par ici, nous sommes arrivés.

VÉSINET

Après vous, beau-père, après vous...

VALMONDOIS

En passant, c'est le casino que je vous ai montré, ici c'est l'hôtel.

VÉSINET

Ah ! très bien ! ça me rappelle Bougival du temps où je faisais mes études à Paris... Alors on pourra faire la bombe chez vous ?

VALMONDOIS

La bombe ? *(A part)* Il veut sans doute donner des feux d'artifice. *(Haut)* Pourquoi n'êtes-vous pas resté à Paris ?

VÉSINET, *met son pardessus sur une chaise.*

Je vais vous dire... Jalousie de mes professeurs qui me trouvaient trop intelligent... Ils ne voulaient jamais me recevoir à mes examens... à la fin, j'en ai eu assez, vous comprenez...

VALMONDOIS

Eh ! ben, là, entre nous, comme élève vétérinaire, quoi que vous pensez de mon établissement?

VÉSINET

A vrai dire, beau-père... ça manque absolument de v'lan !

VALMONDOIS

Du flan !.. ma fille vous en fera un, vous m'en direz des nouvelles...

VÉSINET

C'est pas rupin, quoi. c'est miteux.

VALMONDOIS

Miteux !

VÉSINET

Oui... pas assez de monde !.. Vous en auriez davantage si votre fille était une dégrafée.

VALMONDOIS

Dégrafée ?... Oh ! mon gendre, ma fille n'est pas une sans-soin... Elle s'agrafe toujours bien. .

VÉSINET

Laissez donc... Je me comprends... Enfin, si votre demoiselle n'est pas trop blécharde, je passerai sur la cambuse et je toperai avec vous. *(Entre Suzanne).*

SUZANNE

Te voilà revenu, papa... eh bien? *(Voyant Vésinet)* Oh ! Monsieur...

VALMONDOIS, *à Vésinet.*

C'est Suzanne, ma fille, dont je vous ai parlé.

SUZANNE, *saluant.*

Monsieur.

VALMONDOIS, *présentant Vésinet.*

Monsieur Vésinet...

VÉSINET

Mademoiselle !.. Je suis bien le vôtre. *(Il salue à la façon des gens chics et en faisant une révérence exagérée).*

Suzanne, *à part.*

Drôle de type !.. Il a l'air toqué.

Valmondois, *bas à Vésinet.*

Eh bien ! Je ne vous ai pas surfait ?.. là qu'est-ce que vous en pensez ?

Vésinet, *bas.*

Schoknosof !.. Bat aux pommes !

Valmondois, *à part.*

Chacun son œuf ?.. Pâte aux pommes ?..

Vésinet, *bas.*

Elle me botte quoi !.. ça colle pour les 40.000 balles...

Valmondois

Alors, je vais vous présenter en conséquence. (*A part*) Mon enfant, Monsieur vient ici pour...

Suzanne

Je sais ce que veut Monsieur.

Valmondois

Comment ça...

Suzanne

Oui papa, je l'ai deviné.

Valmondois, *à Vésinet.*

Hein ?.. Je ne vous ai pas surfait ?.. est-elle intelligente !.. (*bas*) faites votre déclaration .

Vésinet

Mademoiselle, en qualité d'élève vétérinaire, je peux me vanter de m'y connaître en femmes...

Suzanne

Oh ?

Vésinet

Oui !... J'ai puisé la science de la femme à l'académie du Moulin-rouge et à l'Université de Bullier. (*A ce moment Onésime passe la tête. Suzanne l'aperçoit*).

Suzanne, *voyant Onésime, à part.*

Onésime est là, rendons-le furieux, ça le décidera peut-être à parler. (*A Vésinet*) Enchantée, Monsieur, offrez-moi donc votre bras, nous ferons un tour au jardin pendant que papa ira s'occuper des malades qui sont arrivés tantôt. (*Onésime disparaît furieux*).

Valmondois, *bas à Suzanne.*

Qu'est-ce que tu dis ?.. il est arrivé des malades ?

Suzanne

Oui, tout à l'heure, deux étrangers. Onésime les a reçus.

Valmondois, *bas.*

J'y cours. (*A Suzanne*) Toi, Suzanne, va vivement dire à Onésime qu'il se prépare à faire le boiteux pour les amorcer.

Suzanne, *sortant.*

Pauvre garçon !

Valmondois, *à part.*

J'savais bien qu'il finirait par en venir des malades (*Il sort tout joyeux.*)

SCÈNE X

Vésinet, *puis* Onésime.

Vésinet

Qu'est-ce qu'ils ont ?.. Ils me laissent là ?

Onésime, *entrant, il a une tête de vieux juif alsacien, à part.*

Attends, mon vieux, c'est rare si tu mets 40.000. francs dans l'exploitation. (*Prenant l'accent Alsacien et se mettant à boiter*) Sacremente tarteifle ! gues gui ma futu une maisou bareille ?

Vésinet

Qu'est-ce que c'est que celui-là ? (*A Onésime*) Vous êtes malade ?

Onésime

Ah ! mon pon Monzier cettre técutant !.. técutant !.. mon chambe il êdre bertue..

Vésinet

Comment perdue... Vous en avez deux !

Onésime

Ya ! Ya ! mais celui là il faut blis rien afec cedde zale surce...

Vésinet

Comment ?

Onésime

Ya ! Ya ! che suis fenu izi bur zoigner mon chambe, il être malate, et au lieu te quérir mon champe, il feut plus pucher... il êdre anguilosé.

Vésinet

Et vous croyez que c'est la source ?

Onésime

Ya ! Ya !.. c'èdre un boison.. che le tis à dut le monte.

Vésinet *bas.*

Ah ! ah !.. (*Haut*) Alors, le patron m'a menti... ah ! s'il n'y avait pas la fille !

ONÉSIME

Oh ! la fille ! fus safez... che grois qu'elle se moque pas mal de fus.

VÉSINET

Hein ?

ONÉSIME

Si elle fus épuse, ce sera pour fodre Argent... mais che grois qu'elle aimerait mieux le neveu du padron, le bélit Onésime.

VÉSINET

Peuh ! Préférér un Onésime à moi !.. Il n'a certes pas le chic parisien pour séduire les femmes... Vous ne savez donc pas que je suis irrésistible.

ONÉSIME

Ah !

VÉSINET

Ce que j'en ai fait des victimes à Paris !.. des brunes, des blondes, des rousses... rien qu'en soufflant dessus je les tombais.

ONÉSIME, à part.

Comme des muches !

VÉSINET

C'est même pour cela que j'ai quitté Paris, elles voulaient toutes m'avoir... il y en a qui se sont suicidées, d'autres qui ont été jusqu'à vouloir m'assassiner...

ONÉSIME, à part.

Quel imbécile !

VÉSINET

Vous voyez mon cher, que je ne le crains pas votre Onésime... Je ne le connais pas encore mais ça doit être un fameux pédezouille ! ah ! ah !.. (Il sort en riant).

SCÈNE XI

Onésime, puis Shikford.

ONÉSIME

Je ne sais pas ce qui m'a retenu de lui flanquer mon pied quelque part... Et dire que c'est ça qu'on veut donner à Suzanne. (On entend la voix de Shikford.) Ah ! l'Anglais ! changeons de rôle ! (Il danse.)

SHIKFORD, entrant.

Ah ! il me semblait que je allais mieux.. (Voyant Onésime qui danse devant lui) Aoh ! vô dansez le gigue ?

ONÉSIME

Ya ! Ya !.. che êdre enjanté... ché zuis quéri...

SHIKFORD

Aoh ! Very Well ! . quoi vô aviez ?

ONÉSIME

J'affre une champe qui buvait plis bûcher, et le surce il m'a quéri.. foyez (Il danse)

SHIKFORD, dansant aussi.

Aoh ! ce était bien le source merveillouss .

ONÉSIME

Che gours le tire à dut le monde... cette surce il guérit tut... tut... tut... (Il sort.)

SHIKFORD, continuant la gigue.

Tut ! Tut ! Tut ! Tut ! Tut !... (Entre Vésinet.)

SCÈNE XII

Shikford, Vésinet.

VÉSINET

Il est encore là... Non, c'est pas le même.

SHIKFORD

Sir ! Je saluais vô !... Vô êtes un mélède ? Un baigneur ?

VÉSINET

Moi ?... un baigneur !... plus souvent ! pour me faire estropier.

SHIKFORD

Estropier ?

VÉSINET

Bien sur... je viens de voir un pauvre diable d'Alsacien qui a perdu une jambe à cause de la source.

SHIKFORD

Aoh ! nô !... je avais vu lui aussi, il était guéri.

VÉSINET

Peuh !... guéri ?. . il ne pouvait plus marcher !

SHIKFORD

Je avais vu loui danser le gigue.

VÉSINET

Vous l'avez rêvé !

SHIKFORD, se montant.

No ! Je rêvais jamais !... Je avais pas le temps.

VÉSINET

Alors ce n'est pas le même.

SHIKFORD

Aoh ! Je voulais faire le preuve... je cherchais lui pour danser le gigue devant vô.

VÉSINET

Puisque je vous dis qu'il ne marche pas ;
Fichez-moi la paix !

SHIKFORD

Aoh ! Vô étais pas poli !... espèce de cochonne!
(Il lui envoie un coup de poing.)

VÉSINET, *reculant.*

Eh ! mais dites donc ?

SHIKFORD

Imbécile *(Même jeu* Fourneau ! *(Même jeu)*
Grosse betterave !... Mets y un bouchon !
*(Il fait sortir Vésinet en le boxant et sort avec
lui.)*

SCÈNE XIII

Onésime, *seul.*

*(Il entre avant la sortie des deux précédents per-
sonnages. Il n'est pas déguisé et est dans son premier costume de chef cuisinier. Il se tord de rire
en voyant Vésinet bousculé par l'Anglais.)*

Ah ! ah ! qu'est-ce qu'il prend pour son rhume
le vétérinaire ?... C'est ma vengeance qui com-
mence !... Ah ! il n'a pas fini, le monsieur... Il
n'y a pas, il faut que je trouve un moyen pour le
faire déguerpir... Qu'est-ce que je pourrais bien
inventer ?... J'ai bien pensé à fourrer du poil à
gratter dans son lit ; à mettre des épingles dans
sa chaise, à tendre une ficelle sur son passage
pour lui casser son miroir à calins... mais voilà...
il se peut qu'il ne se casse rien et que mon oncle
me fiche à la porte... Voyons ! *(Il réfléchit)* Oh !
j'y suis, ça y est !... Ah ! Monsieur le vétérinaire,
vous avez appris la science de la femme à Bullier,
Ah ! vous avez fait des victimes !... Les femmes
se sont disputé vos baisers !... D'autres ont voulu
vous assassiner !... Eh ! bien, nous allons voir...
(Il va écrire au bureau) « Infâme!... J'ai appris
« que vous alliez épouser la fille d'un entrepre-
« neur de bains. Donc, moi et votre enfant, vous
« nous lâchez !... Après vos promesses formelles
« de Bullier, libre à vous... ma vengeance saura
« vous atteindre vous et votre nouvelle famille.
« Mangez, buvez, partout vous trouverez du poi-
« son. » *(Parlé)* Comment vais-je signer ? Marie,
Julie... Tiens, je vais signer « illisible » comme
dans l'administration... maintenant, ce billet dans
son pardessus... poche restante...
... *(Il met la lettre dans le pardessus de Vésinet
qui est resté sur une chaise)...* et je cours chez
le pharmacien acheter le poison. *(Il sort.)*

SCÈNE XIV

Valmondois, Shikford, Paméla.

VALMONDOIS, *entrant avec Shikford et Paméla,
à Shikford.*

Eh bien ?... Qu'est-ce que vous en pensez ?

SHIKFORD

Very-well le casino ! Mais le source il ne avait
pas encore fait d'effet.

VALMONDOIS.

Attendez un peu, ça viendra peut-être après
dîner.

SHIKFORD

Dîner !... Yes !... Jioustement..., A quelle heure
qu'on se les cale son gnasse? *(Il regarde son calepin.)*

VALMONDOIS

Hein ?.. Quoi ?

SHIKFORD

Vô comprenez pas le français ?. Je demandais
à quelle heure que son gnasse on se les cale ?

PAMÉLA

A quelle heure qu'on bouffe quoi ?

VALMONDOIS

A six heures.

SHIKFORD

Bienne !.. Bienne !.. Alors je avais le temps de
trimbaler mon viande jusque dans la piscine,
pour prendre un bain.

PAMÉLA

C'est ça, va donc au bain.

SHIKFORD

J'y vais. *(A Valmondois)* Vieille betterave, voulez-
vous montrer à mon gnasse le canfouine de bain?

VALMONDOIS

C'est tout de même difficile de comprendre
l'anglais... Venez avec moi.
(Ils sortent ensemble, laissant Paméla.)

SCÈNE XV

Paméla, *seule.*

Non !.. mais là, croyez-vous qu'il faut en avoir
une santé pour vivre avec ce coco là?... Quand il
m'a fait ses offres de services je croyais qu'il allait
m'emmener dans quelques villes d'eaux copur-
chics... mais rester dans un trou comme celui-ci,..
de la peau !.. Et le premier baigneur complaisant
que je dégote, je ne le lâche pas jusqu'à ce qu'il
m'ait rapatrié boulevard Saint-Michel.

SCÈNE XVI

Paméla, Onésime

(Onésime paraît un paquet à la main.)

PAMÉLA

Ah ! ce jeune homme !.. Eh psst !.. joli garçon !..

ONÉSIME

J'ai pas le temps ! *(A part, montrant son paquet)* Emétique, Rhubarbe, Séné ; quand l'étudiant aura pris connaissance de mon billet doux je lui colle ça dans son potage. C'est bien le diable s'il ne se trotte pas avec ça. *(Il sort.)*

SCÈNE XVII

Paméla, Shikford

SHIKFORD, *paraissant en caleçon de bain.*

Eh Médème !

PAMÉLA

Ah ! ce sac d'os !... quéqu' tu veux ?... tu veux lutter ?

SHIKFORD

No ! venez aider moi pour prendre le douche... Je avais besoin de vô pour tenir le robinette. *(Il disparaît.)*

PAMÉLA

Zut alors !.. on y va ! *(Sortant)* Non, mais y a pas d'erreur, le premier poireau qui me tombe dans la patte je l'embarque.

(Elle sort et va retrouver Shikford.)

SCÈNE XVIII

Vésinet, *regardant avant d'entrer.*

L'Anglais n'est pas là ?.. Non !.. Alors on peut entrer. Il en a un sale caractère cet animal là .. Ah ! si ce n'était pas pour Suzanne il y a long-temps que je serais parti... C'est qu'elle n'est pas mal du tout cette petite ! Seulement elle est moins facile que les femmes de l'académie de Bullier. Tout à l'heure j'ai voulu l'embrasser dans la cuisine, elle m'a flanqué une calotte et m'a envoyé une poignée de poivre dans le nez. *(Il éternue)* Atchi !.. Allons, bou ! où est mon mouchoir ? *(Il cherche dans ses poches et ne le trouve pas)* Atchi !.. Ah ! dans mon pardessus... *(Il cherche dans les poches de son pardessus)* Tiens, une lettre... qui n'y était pas ce matin. *(Il se mouche avec le mouchoir qu'il a pris en même temps)* Voyons, ça. *(Lisant)* « A monsieur Vésinet » Y a pas d'erreur.

Il décachète la lettre) Qui diable peut m'écrire ici ? *(Lisant, atterré)* « Infâme !... du poison !.. votre enfant !.. » *(A part)* Moi, j'ai un enfant ?... *(Haut)* Impossible de lire la signature... ça vient sûrement d'une femme, sans cela y aurait pas d'enfant... d'une de mes anciennes sans doute ?.. Eh ! bien, en voilà une occasion ! J'en ai le frisson ! C'est que ça se voit tous les jours ces choses-là... Si j'avais su, c'est moi qui ne serais pas venu... Mais qui ça peut-il être ? Caroline ? Ernestine ? Rosalie ?.. Augustine ?.. Est-ce que je sais ?.. J'en ai tellement eu... *(Suzanne entre)* Oh !.. Suzanne !

SCÈNE XIX

Vésinet, Suzanne

SUZANNE, *entrant avec un panier.*

Là, je viens de soigner mes bêtes, il ne me reste plus qu'à m'occuper de vous.

VÉSINET

Vous êtes bien aimable, je vous remercie. *(A part, regardant l'enveloppe).* Ce n'est pas arrivé par la poste, il n'y a pas de timbre.

SUZANNE

Vous avez l'air tout chose ?

VÉSINET

Non, je ne suis pas chose... je suis... *(A part).* La coquine doit être à mes trousses, c'est elle qui aura mis ça dans ma poche...

SUZANNE

Vous ne me dites rien, pourtant tout à l'heure...

VÉSINET

Moi, si .. je... *(Regardant de tous côtés).* Allez donc faire la cour à une femme avec des idées comme ça dans la tête !

SUZANNE

Vous tremblez. Qu'avez-vous ?

VÉSINET

Ce que j'ai ?.. Rien... le froid... non, la chaleur...

SUZANNE, *à part.*

S'il continue comme ça, ça va être amusant pour moi.

SCÈNE XX

Valmondois, Vésinet, Suzanne.

VALMONDOIS, *entre avec une bouteille et deux verres.*

Là, le dîner va être prêt dans un instant.

Vésinet, *à part.*

Si jamais je mange ou je bois quelque chose ici par exemple !

Valmondois, *à Suzanne.*

Verse-nous une larme de ce vieux vermouth !.. (*Suzanne verse à boire, à Vésinet*). A la vôtre mon gendre.

Vésinet, *effrayé.*

Excusez... je ne prends rien entre mes repas.

Valmondois

Alors je boirai tout seul. (*Il veut boire*).

Vésinet

Arrêté !.. arrêtez !.. ça vous ferait du mal. (*A part*). Elle a écrit : vous et votre famille future.

Valmondois

V'là que vous voulez m'empêcher de boire ?

Vésinet

C'est du poison !

Valmondois

Il traite mon vermouth de poison !

Suzanne, *bas à Valmondois.*

Tu vois ! Je te l'avais bien dit, il a un grain.

Valmondois, *bas.*

C'est peut-être l'émotion.

SCÈNE XXI

Les Mêmes, **Onésime.**

Onésime, *il entre portant une soupière.*

Le dîner est sur la table, mon oncle.

Valmondois, *à Vésinet.*

Allons ! venez manger une assiette de bonne soupe aux choux, ça vous recalera (*Il l'entraine*).

Vésinet

J'ai pas faim !
(*Il sort avec Valmondois et Suzanne*).

SCÈNE XXII

Onésime, *seul.*

Ah ! nous allons rire !.. en faisant la cuisine, j'ai mis dans la soupière du patron toute la dose du pharmacien ; comme Suzanne n'aime pas la soupe aux choux, ma vengeance ne portera que sur Vésinet et mon oncle... Ah ! maintenant, portons le potage à l'English et à sa dame.

(*Il sort*).

SCÈNE XXIII

Vésinet, *puis* **Paméla.**

Vésinet

C'est plus fort que moi... il a fallu que je me sauve... rien que la fumée du potage, ça me faisait un drôle d'effet... Je ne suis pas rassuré du tout... Satanées femmes va ! Il me semble toujours que je vais voir apparaître mon empoisonneuse...

Paméla, *entre en criant à la cantonade.*

J'en ai soupé moi de votre soupe aux choux !..

Vésinet, *effrayé.*

Une femme ! (*Il tourne le dos à Paméla*).

Paméla

Oh ! un baigneur sans doute ! Il n'y coupera pas... Hé ! Pst !

Vésinet

Elle m'appelle (*Il tourne le dos sans répondre*).

Paméla

Hum !.. Hum !..

Vésinet, *regardant de côté, à part.*

Ça ne doit pas être celle-là... je ne reconnais pas sa tournure...

Paméla, *à part.*

Il a l'air sufisamment poire pour me débarrasser de mon rasoir. (*Haut*). Comment, un joli garçon comme vous se promène seul ?.. Vous n'avez donc pas rencontré un cœur compatissant ?

Vésinet, *à part.*

Elle est trop mielleuse .. c'est louche... ouvrons l'œil...

Paméla

Vous êtes trop galant cavalier pour repousser une femme qui implore votre pitié.

Vésinet, *à part.*

Ça y est !

Paméla

Tu ne voudrais pas me lâcher dans le pétrin dis?

Vésinet, *à part.*

Lâcher !.. Je reconnais le style de la lettre... y a pas d'erreur... c'est elle !... surveillons ses mains et tâchons de l'amadouer...

Paméla

Eh ! bien ?.. Tu ne réponds pas, tu refuses?

Vésinet, *effrayé.*

J'ai pas dit ça... J'ai pas dit ça...

Paméla, *à part.*

Mais qu'est-ce qu'il a ?

Vésinet

Là, je veux bien reconnaître que j'ai eu quelques torts avec vous.

Paméla, *à part.*

Qu'est-ce qu'il raconte ?

Vésinet, *de plus en plus embarrassé.*

Oui ! j'ai peut-être été un peu léger... Vous savez, les hommes...

Paméla

Ah ! oui, les hommes, c'est des rudes sales bêtes !

Vésinet

Je vous en prie !.. pas de scandale ! Là je vous demande pardon, mais pas de poison... pas de poison... *(Il s'agenouille.)*

Paméla, *à part.*

Il me prend pour une autre.

Vésinet, *se traînant à ses pieds.*

On pourra s'arranger pour le gosse.

Paméla, *à part.*

C'est bien ça... Il doit avoir une ancienne qui me ressemble et qui lui court après... en avant les grands moyens. *(Elle prend une pose tragique)* Brigand !

Vésinet

Ne te fâche pas, voyons... je paierai les mois de nourrice.

Paméla

Canaille qui lâche comme ça les femmes dans l'embarras... Si tu ne m'épouses pas tout de suite... je te crève... *(Elle saute sur Vésinet.)*

Vésinet

Au secours ! Au secours !..

(Paméla lui donne des coups qu'il pare de son mieux. Entrent Valmondois et Suzanne ; en les voyant Paméla pousse un cri et fait semblant de s'évanouir.)

SCÈNE XXIV

Les Mêmes, **Valmondois, Suzanne.**

Valmondois

Qu'y a-t-il ?

Suzanne

Ah ! mon Dieu !

Valmondois

La femme de l'anglais, là... *(A Vésinet)* Qu'est-ce que vous lui avez fait fait, vous l'avez assassinée?

Vésinet

Moi, non... on... jouait !

Suzanne, *ranimant Paméla.*

Nous voilà une jolie affaire sur le dos.

Valmondois, *secouant Vésinet.*

Juste au moment où mon établissement commençait à avoir de la vogue ! *(A Vésinet)* Vous êtes un monstre, un bandit *(A Suzanne)* Va dire à la bonne qu'elle prévienne les gendarmes.

Suzanne

Pour plus de sûreté, je vais envoyer Onésime. *(Elle sort.)*

Vésinet, *à part.*

V'la ce que c'est que d'avoir étudié la médecine à l'académie de Bullier.

SCÈNE XXV

Vésinet, Valmondois. Paméla, Onésime.

Onésime, *entrant, à part.*

Nous allons voir un peu la trompette de mon rival dans un instant... Toute la préparation du pharmacien y a passé... *(Voyant l'émoi général)* Mais qu'est-ce qu'il y a ? La dame est malade ? *(Il indique Paméla.)*

Paméla, *se levant.*

Zut ! pas moyen de rester évanouie ! J'ai la colique !

Valmondois

Tant mieux ! ça prouve qu'elle n'est pas morte.

Vésinet

Vous voyez bien que je ne l'ai pas tuée, c'est elle, au contraire.

Valmondois

Taisez-vous, la justice appréciera.

Paméla, *à Onésime.*

Aïe ! aïe !... garçon.... s'il vous plaît. *(Elle lève un doigt comme les enfants à l'école.)*

Onésime, *lui indiquant.*

A droite !... derrière ! au fond !

Pamèla

Merci *(Elle sort.)*

Valmondois

Madame... tout à l'heure faudra déposer.

Paméla

Je n'attendrai pas longtemps.

Onésime

Elle y va '... Elle y court !

SCÈNE XXVI

Vésinet, Valmondois, Onésime
puis Shikford.

Onésime, *à part.*

Ça c'est épatant ! Vésinet n'a pas l'air malade
dú tout... c'est la dame de l'anglais... *(Entre
Shikford).*

Shikford

- Very Good le soupe aux choux, elle était très
bonne le soupe aux choux... je avais bien calé son
gnasse avec... seulement elle causait à moi un
dérangement biaucoup fort.

Vésinet, *à part.*

Les malheureux !... Elle les a empoisonnés. *(A
Valmondois)* Vous n'avez pas de coliques ?

Valmondois

Des coliques ?... Taisez-vous, misérable !

Vésinet, *à part.*

J'ai rudement bien fait de ne pas en manger de
la soupe...

Shikford, *à Onésime.*

Garçonne !... *(Même geste que Paméla).*

Onésime

A droite... au fond... *(A part.)* Mais qu'est-ce
qu'ils ont..? *(Eclatant de rire)* J'y suis, je me suis
trompé de soupière...

Valmondois *lâche Vésinet, à Onésime.*

Que dis-tu ?

Onésime, *à Valmondois.*

Tant pis! C'est trop rigolo ! je vais vous expliquer;
mon oncle. j'aime Suzanne, et pour me débarrasser
de Vésinet.. j'ai voulu lui donner une purge et je
j'ai mise dans la soupière de l'Anglais...

Valmondois, *à Onésime.*

Qu'est-ce que tu as fait là malheureux !.. Je
n'ai qu'un client et tu l'empoisonnes !

SCÈNE XXVIII

Les Mèmes, **Shikford** *et* **Paméla**.
puis **Suzanne**.

Suzanne, *entrant.*

La bonne est partie prévenir la gendarmerie.

Valmondois

Il ne manquait plus que ça... c'est moi qu'on
va mettre en prison pour empoisonnement. *(A
Vésinet)* Toutes mes excuses.

Vésinet

A la bonne heure !
(Entre Shikford avec Paméla.)

Valmondois, *à part.*

Qu'est-ce que je vais leur dire ?

Vésinet

Chouette !... elle a trouvé un Anglais ! elle me
laissera peut-être tranquille.

Shikford, *à Valmondois.*

Ça allait très bien, et mon dame aussi...

Paméla

On m'y repincera à goûter de la' soupe aux
choux... je n'en ai mangé qu'une cuillerée et...

Valmondois

Tous mes regrets !

Shikford

Nao ! pas regrets !.. Je étais ravi.

Valmondois

Hein ?...

Shikford

Le soupe il était faite avec l'eau de cette casino ?

Valmondois

Oui... et pourquoi ?

Shikford

Aoh ! très bienne ! Il était meilleure que l'U-
niady-Janos. Volez-vô, je mettais 100.000 francs
pour l'exploitation du Casino à vô...

Valmondois

Cent mille francs ! (*A Vésinet*) Je n'ai plus besoin de vous.

Paméla

100.000 balles !.. Je lâche l'autre fourneau... (*A Vésinet*) Tu sais, y a rien de fait pour le raccommodement.

Suzanne *à Onésime.*

C'est grâce à votre malice que papa a trouvé un commanditaire, je m'arrange du reste... (*Elle lui donne le bras.*)

Onésime

Oh ! Suzanne !..

Vésinet

Allons bon ! tout à l'heure, toutes les femmes me voulaient, maintenant elles m'envoient toutes balader... oh ! le sesque ! le sesque !

Shikford

Nous restons ici.. je allais mettre mon viande dans le plumard... (*A Onésime*) Demain vô ferez cirez mês croquenots, tartines, ribouis et vous brosserez mon culbutant.. All Right !

All Right !

Tous

RIDEAU

AUTEURS	TITRES DES ŒUVRES	Hommes	Femmes	Prix nets
J. Domerc	École buissonnière (L')	3	»	3 »
Yver-Septmons	Ch ! Ohé ! Laurupette ! d	2	»	loc.
Trebla-Croisier	Elle ! d	4	1	loc.
Ed. Lhuillier	Elle débute ce soir	1	1	4 »
Delaruelle	El senor Pifardino	1	1	6 »
Marsay	En colonne d	troupe	»	loc.
Lebreton-Moreau	Enfant des halles (L') d	3	2	loc.
Jallais Hubans	Enlèvement des Sabines (L')	troupe	»	loc.
Guillemaud-de Marsan	Enfants d'Edouard (Les) d	2	3	loc
Lebreton-Duroc	Enragés d	4	4	loc.
Villebichot	Entre deux jardins	1	1	4
Lebreton-Duroc	Eutresol d'Eugène d	4	6	loc.
Garnier-Vallès	Erreur de Bridouille (L')	3	2	loc.
Banès	Escargot (L')	2	3	6 »
A. Pajol	Esprits d'Argenteuil (Les)	5	2	loc.
D. Dihau	Eternel roman (L')	1	1	4
Dourel-Roydel-Tranel	Etrennes utiles	3	2	loc.
Garnier-Vallès	Exploits de Malichard (Les)	6	4	loc.
L. Bouvet-Ch. Darantière	Extras de Balochard (Les) d	4	4	loc.
St-Paul-G. Rose, fils	Fais ça pour moi	3	2	loc.
F. Beauvallet	Faites le jeu, Messieurs d	3	1	loc.
Moreau-Gramet	Famille Nitouche (La)	3	4	loc.
Lebreton-Moreau	Farces du Printemps (Les) d	6	4	loc.
St-Agnan Choler	Faut du prestige (vaud.) d	3	2	loc.
Lebreton-Duroc	Faut que j'casse la g. à Baptiste d	5	3	loc.
De Launoy-Lions	Félicité	3	2	loc.
Flers	Femina d	troupe	»	loc.
Ch. Gabet	Femme de Valentino (La) d	2	2	loc
Moreau	Femmes qui fument (Les) D	7	8	loc.
F. Chaudoir	Fête à Claudine (La)	1	1	4 »
E. Duhem	Fête à M. le Maire (La)	5	2	4 »
Dorfeuil-Bouvet	Fiancé des Nourrices (Le) d	4	5	loc.
Javelot	Fiancés berrichons (Les)	1	1	3 »
Soulié	Fiancés du bonnet de coton (Les)	1	1	5 »
L. Vasseur	Fichue idée d	2	1	5 »
Brigliano-Talber	Fichue situation d	4	4	loc.
Liouville	Fièvre phylloxérique (La)	3	2	4 »
Bertrié	Fille du charpentier (La)	3	1	5 »
Lebreton-Moreau	Fille du marin (La) d	8	7	loc.
Dourel, Roydel, E. Herré	Filles de Cornenville (Les)	4	7	loc.
Lebreton-Soudant	Filles de la Cantinière (Les) d	7	4	loc.
Lebreton-Moreau	Fils à Papa (Le) d	4	7	loc.
ebreton-Moreau	Fils de Gouape	4	4	loc.
Chaulieu et Bataille	Fils de M. Alphonse (Le) (vaud.) d	5	2	loc.
Duroc-Mailfait	Five O'Clock de la Baronne	7	2	loc.
Villebichot	Fleuriste et typographe	1	1	5 »
Lebreton-Talber	Foire aux nichons (La) d	7	7	loc.
Pradels-Quinel	Fosse aux ours (La)	4	4	loc.
Lemonnier	Françoise les bas bleus d	troupe	»	loc.
Moreau-Soudant	Francs-tireurs de la mort (Les)	troupe		loc.
Lebreton-Beissier	Frangine (La) d	7	6	loc.
Lévy-Merset	Fantrognon d	8	11	loc.
Lebreton-Moreau	Frère de lait (Le)	1	2	4 »
Carin-Tomy	Friper's and Co d	5	9	loc.
Lebreton-Moreau	Friquet d	9	7	loc.
Cieutat	Furet (Le)	»	1	4 »
Moreau-Touzé	Gai gai mariez-vous !	4	3	loc.
Moreau-Darsay	Gaîtés du bastion (Les)	5	3	loc.
Seraine	Garde champêtre de Corneville (Le)	1	»	1 »
Lebreton-St-Paul	Gontran se marie	3	2	loc.
Froyez-Colias	Grand Duc Moleskine (Le) d	6	6	loc.
Lefort	Grand papa de la chanson (Le) d	1	1	3 »
Lebreton-Blairat	Grenouille (La) d	4	2	loc.
Hervo-Merki	Grève des Boulangers (La)	5	»	1 »
Moreau-Marcus	Grève des facteurs (La)	2	2	loc.
M.-Brisac	Guerre aux hommes (La) d	6	7	loc.
Lebreton-Nicolaie	Gueule d'Or d	6	6	loc.
Lebreton-Moreau	Héritière des Carapattas (L') d	8	8	loc.
Villebichot	Hirondelles de la rue (Les)	»	2	3 »
Lebreton-Blairat	Homme pâle (L') d	4	2	loc.
Lebreton-Duroc	Hôtel d'Artistes d	troupe	»	loc.
Lebreton-Duroc	Hôtel de Noblepanne d	4	4	loc.
Darantière et Bouvet	Hôtel du lac bleu (L') d	7	6	loc.
Dourel-Roydel-Jost	Hôtel modèle d	7	7	loc.
H. Barbé-de Téramond	Huissier des beaux jours (l')	3	2	loc.
Autigeon-Dourel	Hypnotiseur malgré lui (L') d	3	2	loc.
Mize-Bernède	Idées de M. Coton (Les) d	3	2	loc.
Bessière-De Noter	Ile de Nénuphar (L')	5	2	loc.
Moniot	Jacotte	1	1	5 »
Liger-Aubrun	J'ai perdu Virginie	3	1	loc.
Nargeot	Jeanne, Jeannette et Jeanneton d	2	3	loc.
Michiels	Jefque et Triune	1	1	8 »
St-Paul	J'en ai plein le dos	2	1	4 »
Lebreton-Soudant	J'épouse ma bonne d	5	4	loc.
A. Perronnet	Je reviens de Compiègne	»	1	4 »
Yvel	Jeune homme du Tunnel (Le) d	3	3	loc.
Bernicat	Jeunesse de Béranger (La)	3	1	6 »
Lebreton-Moreau	Jocrisses du mariage (Les) d	troupe	»	loc.
B. Lebreton	Joies du divorce (Les) d	troupe	»	loc.
L. Collin	Journée aux soufflets (La)	1	1	4 »
J. Férol	J'teux de sorts (Le)	7	4	loc.
Fransois-Derys	Jules d	1	1	loc.
Serpin	Ki-Ki-Ri-Ki d	troupe	»	loc.
Soudant	Lâchée	5	1	loc.
Desormes	Leçon de musique (La)	1	1	4 »
I. Clérice	Léda d	troupe	»	loc.
St-Paul	Leroy s'amuse	3	3	loc.
A. de Lorde	Lettre (La) d	1	2	loc.
Cazaneuve	Loi du pal (La) d	troupe	»	5 »
Serpin	Lune de Miel (La) d	troupe	»	loc.
L. Péricaud et Villemer	Lune de Miel normande	1	1	1 »
Moreau-Gramet	Ma Colonelle	2	2	loc.
Clairville fils	Madame la baronne d	1	1	4 »
Wachs	Madame le docteur	2	1	4 »
Lebreton-St-Paul	Mademoiselle le Docteur	3	2	loc.
V. Roker	Mademoiselle Louloute	2	2	5 »
Bessière-Marinier	Maire et Martyr d	3	2	loc.
Talexy	Maître Grelot	4	1	7 »
Bouvet	Major Purjotin (Le)	4	3	loc.
Moyne-Jarouton	Mamzelle Claudinette d	3	2	loc.
Par Nemo-Celval	Mamzelle Culot	troupe	»	loc.
De Lajarte	Mam'zelle Pénélope d	3	1	7 »
De Champclos-Jacquin	Mamz'elle Phryné	3	1	loc.
Fransois	Mandat (Le) d	7	3	loc.
L. Bouvet et Dottin	Mannequin (Le)	3	2	loc.
Jouhaud	Mariages riches	1	1	3 »
Moniot	Marianne et Jeannot d	1	2	8 »
Toilet-Frot	Marié sans l'être	4	»	3 »
Moreau-Duroc	Maris jaloux (Les)	5	2	loc.
Simiot	Mariés de Nanterre (Les)	1	2	4 »
Beissier-Sciama	Mars et Vénus	3	2	loc.
Moreau Boucherat	Médjidié (La)	3	1	loc.
Gresset-Bernard	Méfiez-vous d'Oscar d	3	1	loc.
E. André	Melon (Le) (monologue saynète)	1	»	2 »
Moreau-Darsay	Ménage Poire (Le)	2	2	loc.
Desormes	Menu de Georgette (Le)	3	2	8 »
Ch Gabet	Mérite des femmes (Le) d	4	4	loc.
Soudant-Moreau	Mimi Vadrouille	troupe	»	loc.
Lebreton-Moreau	Miss Kissmy d	»	5	loc.
Beissier	Miss Million d	troupe	»	loc.
Bessier-Moreau	Môme aux Camélias (La) d	troupe	»	loc.
Bessière-Ruffier	Môme aux grands yeux (La) d	8	6	loc.
Chassagne	Monsieur Auguste d	1	1	3 »
Garnier-Vallès	Monsieur ma belle-mère	2	3	loc.
Lebreton-Moreau	Monsieur Sans Gêne d	troupe	»	loc.
Blairat-Neuzillet	Mouche (La) d	5	7	loc.
Moreau-Touzé	Mouche du Coche (La)	4	2	loc.
Joly	Myope et presbyte d	1	1	4 »
Desormes	Nègre de la Porte St-Denis (Le)	3	3	3 »
Dorfeuil-Moreau	Nez de Cyrano (Le) d	troupe	»	loc.
E. Lhuillier	Nez enchanté (Le)	1	1	3 »
Lebreton-Blairat	Ninie la Rouquine d	5	3	loc.
Herpin	Noce à Grospoulot (La)	5	7	loc.
F. Barbier	Noce à Suzon (La)	1	1	4 »
L. Collin	Noces d'or (Les)	2	1	5 »
	Nombrikatus 1er D	5	7	loc
Bouvet-Darantière	Nos bons touristes d	5	4	loc.
Lebreton-Beissier	Nos Marsouins en Chine d	7	4	loc.
Moreau-Gramet	Nos petites Chattes	3	3	loc.
Dorfeuil-Guillemaud-Duharnois	Nos pioupious d	6	4	loc.
Lebreton-Moreau	Nos voisins d	6	5	loc.
V. Roger	Nourrice de Montfermeil (La)	2	3	8 »
Ch. Gabet	Nouvel Achille (Le) (vaud.) d	5	1	loc.
Touzé Prud'homme	Nuit de Noces de Beauflanchet	6	4	loc.
Jacobi	Nuit du 15 octobre (La) d	3	1	6 »
A. de Lorde	Old Nubian's Black !	1	2	loc.
Dédé fils	Oncle et Neveu	3	»	3 »
Louis Bouvet	Oncle Maboulin (L')	4	4	loc.
Marc-Sonal-Grébon	On demande des jolies femmes	6	11	loc.
Bessière-Ruffier	Ordonnance Bezuchet (L')	2	2	loc
St-Paul-G. Rose, fils	Ordonnance malgré lui	3	2	loc.
Berthelot-Roland	Othello chez Thaïs d	4	10	6 »
Pacra Emmecé	Où est le père	8	4	loc.
Dufils	Paille et la Poutre (La)	»	2	6 »
Boulny-Layrice	Palmé D	4	5	loc.
Billemont	Pantalon de Casimir (Le)	1	1	6 »
A. Petit	Par autorité de Justice d	7	9	loc.
Dorfeuil-Moreau	Paris aux Courses d	troupe	»	loc.
F. Barbier	Par la fenêtre	1	1	4 »
Lambert-Lebreton	Par la Gymnastique d	2	2	loc.
Henry Moreau	Partie de Campagne d	troupe	»	loc.
Ed. Lhuillier	Pasquinette	1	1	3 »
Bénédite-Jancourt	Le pays Vierge d	8	4	loc
Moreau-Darsay	Pension Carabin (La)	5	4	loc.
L. Bouvet	Pensionnat St-Amour (Le)	4	4	loc.
Albert Lambert	Père Suroit (Le) d	3	1	loc.
Offenbach-Roques	Péri-Colle (Parodie de Périchole)	2	1	2 50

AUTEURS	TITRES DES ŒUVRES	Hommes	Femmes	Prix nets
Lebreton-St-Paul	Péril jaune (Le)	2	2	loc.
Perrault-Maty	Perruche de ma femme (La) d	4	3	loc.
Tréblat-St-Cyr	Personne (drame en 5 minutes)	2	1	1 »
Bouvet-Schmoll	Petit Assommoir (Le) d	6	6	loc.
L. Collin	Petit Spahi (Le)	3	3	5 »
Lebreton-Moreau	Petite baronne (La) d	6	9	loc.
L. Bouvet-St-Paul	Petite fifi (La)	3	3	loc.
Linas	P'tite bête vit encore (La) d	1	1	4 »
Lebreton-Moreau	Petite colonelle (La) d	7	3	loc.
Lebreton-Moreau	Petites Menichons (Les) d	troupe	»	loc.
A. Petit	Petits lapins (Les) d	4	9	loc.
Maurey et Jimbu	Petits Trottins (Les) d	5	6	loc.
Lebreton-Moreau	Petits Zouzous (Les)	troupe	»	loc.
J. Clérice	Phrynette d	5	9	loc.
André	Picotin (Le)	1	2	loc.
Lebreton-Beissier	Piston de Clémentine (Le)	3	2	loc.
H. Alavoine	Plumechat et Cie d	4	6	loc.
F. Barbier	Points jaunes (Les)	1	1	5 »
Desfossez-Piccolini	Pommes d'amour (Les)	6	4	loc.
Singh-Verdellet	Pompier d'Endoume (Le)	troupe	»	loc.
Gresset-Bernard-Letorey	Pompier d'Ernestine (Le) d	2	2	loc.
Autigeon-Dourel	Poste restante 222 d	4	3	loc.
F. Barbier	Poupée automate (La)	1	1	5 »
St-Paul-G. Rose, fils	Pour avoir la fille	4	3	loc.
Fay	Pour qui le gosse ?	2	3	loc.
A. Lambert	Première brouille (La) comédie	»	1	1 »
Couturet	Premières amours d	4	1	loc.
F. Barbier	Premières armes de Parny (Les)	1	3	5 »
G. Rose fils-H. Ryver	Prestige de l'uniforme (Le)	4	2	loc.
Moreau	Professeur de chant (Le)	1	1	3 »
De Ste-Croix	Pygmalion d	1	2	4 »
Garnier-Héros	Queue du Diable (La) d	troupe	»	loc
Delilia-Héros	Qui va à la Chasse	2	2	loc.
L. Collin	Qui se dispute s'adore	1	1	3 »
Ch. Lecocq	Rajah de Mysore d	troupe	»	8 »
Villebichot	Réponse du Berger (La)	1	1	4 »
Moche	Retour de Colombine (Le)	2	1	4 »
Jacottot	Retour de Kerdrec (Le)	2	1	4 »
Meugé	Retour de Margotte (Le)	1	1	4 »
L. Collin	Retour de Musette (Le)	1	1	4 »
Autigeon-Dourel	Revanche de Verluisant (La) d	5	2	loc.
Autigeon-Dourel-Roydel	Revenants (Les) d	3	3	loc.
Marsèle-A. de Lorde	Rêves d'un soir	1	1	loc.
St-Paul	Revue interdite	4	4	loc
Guillemaud	Rien des Agences d	3	2	loc.
Lhuillier	Risette	»	1	1 »
Ch. Thony	Robes et Manteaux d	5	9	loc.
F. Chaudoir	Roi Claquette (Le) d	3	3	6 »
Desormes	Roland furieux	3	1	5 »
L. Desormes	Romance impossible (La)	2	»	2 »
Buenach	Rosière de Valentino (La) d	2	3	loc.
Michiels	Rosière d'Interlaken (La)	1	1	4 »
Ch. Gabet	Ruy Black (v) d	—	6	loc.
Claments	Saint-Yvon (La) d	2	1	5 »
Ch. Lecocq	Sauvons la caisse d	1	1	6 »
Mafrat-Febvre-Boonamy	Septième Escouade (La) d	8	2	loc.
Barantière-Bouvet	Sergent Sans-Souci (Le) d	6	6	loc.
R. Planquette	Serment de Mme Grégoire (Le)	1	1	8 »
Lebreton-Soudant	Serment du marin (Le) d	4	2	loc.
Lebreton-Moreau	Signe de Léda (Le) d	8	8	loc.
Ouvier	Simone et Boquillon	2	1	5 »
Lebreton-Duroc	Soir de Noce d	4	4	5 »
Mailfait	Soirée bourgeoise	2	2	loc.
Leserre	Soirée d'amateurs, pochade	5	»	1 »
Lebreton-Moreau	Soldat !	5	5	loc.
Bernard-Gresset	Souffleur par amour d	3	1	loc.
Meyan	Soupirs du cœur	3	2	5 »
Ch. Malo	Souviens-toi de Clémentine	2	1	4 »
Moreau-Darsay	Spiritisme des Familles	4	4	loc.
Tac-Coen	Suzette, Suzanne et Suzon	1	3	loc
Levavasseur	Tante d'Amérique (La)	3	3	loc.
Wachs	Tata chez Toto	2	1	4 »
Lempereur et Primard	Témoin (Le)	3	1	loc.
Lambert-Lebreton	Terre-Neuve d	3	5	loc.
Marc Sonal	Théophile	2	1	loc.
Chassaigne	Toc	2	2	loc.
Hervé	Toinette et son carabinier	2	1	5 »
Bessier-de Gorasse	Tonton d	3	3	6 »
Wachs	Totor et Titine	1	1	loc.
Hubans	Tour de Moulinet (Le) d	2	1	8 »
Cartier	Train des Maris (Le)	2	2	4 »
Moreau-Duroc	Tranquil'hôtel	5	4	4 »
Moreau-Darsay	Trente mille francs par an	2	2	loc.
Lebreton-Moreau	Treize jours d'un Parisien (Les) d	troupe	»	loc.

AUTEURS	TITRES DES ŒUVRES	Hommes	Femmes	Prix nets
Lebreton-Moreau	Treizième spahis (Le) d	troupe	»	loc.
Gabet	Trésor des Dames d	2	1	loc.
Lebreton-Moreau	Trio de troupiers d	7	5	loc.
Lebreton-Feramond	Trois Gosses (Les)	4	4	loc.
Bouvet	Trois hercules pour une femme	3	2	loc.
Bessière	Troisième du trois (La)	6	6	loc.
Lebreton-Moreau	Trois Maçons (Les) d	4	2	loc.
Guillemand-de Marsan	Truc du Binochet (Le)	3	2	loc.
Lambert-Lebreton	Truc du Pharmacien (Le)	4	1	loc.
David	Tu l'as voulu d	3	1	6 »
Héros-Jost	Tziganie dans les Ménages (La) d	troupe	»	loc.
Javelot	Un amour d'épicier	2	1	4 »
Bessière	Un attentat au bois	2	2	loc.
Cardet-Lannoy	Un bon ami	2	1	loc.
D. Fay	Un bon tuyau	9	4	loc.
P. Henrion	Un charcutier dans les fers	1	1	4 »
Chassaigne	Un Coq en jupons	1	1	4 »
Banès	Un do malade	2	1	5 »
Wachs	Un domestique pour rire	1	1	4 »
Moreau-Gramet	Un dragon pour deux	3	2	1 »
L. Roy	Un épicier peu commode	4	2	loc.
J. Laurens	Un futur sur le gril	2	1	4 »
Ch. Malo	Un gendre à poigne	2	2	5 »
H. Levavasseur	Un grand criminel	4	2	loc.
Pericaud	Un hercule qui ne veut pas se rouiller	2	1	4 »
St Paul	Un jour d'audace	4	2	loc.
Gambillard	Un mariage à la force du poignet	1	1	3 »
Ch. Malo	Un mariage au flageolet	1	1	4 »
Dauphin	Un mariage en Chine d	4	1	6 »
F. Bernicat	Un mari à l'essai	1	1	4 »
Pericaud	Un mari en grande vitesse	3	1	4 »
Moreau-R. Parault	Un mari somnambule	2	2	loc.
L. Collin	Un mauvais conscrit	2	»	4 »
Blanchard de la Bretesche	Un mois de clou d	3	2	loc.
Chassaigne	Un 1er jour de ménage	1	1	4 »
F. Barbier	Un souper chez Mlle Contat	»	2	5 »
Bernicat	Une aventure de la Clairon	2	2	6 »
Lebreton-Blairat	Une Consultation d	4	3	loc.
Garnier-Vallès	Une Corbeille de Noce	5	3	loc.
E. André	Une drôle de Marquise	2	1	3 »
Claments	Une étoile d'antichambre d	2	1	5 »
Jouhaud	Une femme du quart de monde	2	1	4 »
Villebichot	Une femme qui bégaie d	3	2	6 »
L. Roques	Une femme tombée du Ciel	1	1	5 »
Villebichot	Une fille à trucs	3	1	4 »
Liouville	Une fille en loterie	2	1	4
Touzé-Monjardin	Une intrigue chez les Mouchamiel	2	1	loc.
Desormes	Une lune de miel normande	1	1	4 »
L. Collin	Une mariée sans mari	1	1	4 »
Ed. Lhuillier	Une marine à la vapeur	1	1	3 »
Desormes	Une mauvaise connaissance	3	2	5 »
Moreau-Darsay	Une mauvaise nuit	2	2	loc.
Moreau-Dorfeuil	Une nuit de Paris d	troupe	»	loc.
Bouvet-G. H.	Une nuit chez les Grafouillot d	4	3	loc.
Duhem	Une partie à Robinson	2	2	4 »
L. Martin	Une partie de pêche	5	4	loc.
Wachs	Une pleine eau à Chatou	2	1	4 »
Bernicat	Une poule mouillée	1	1	4 »
Lebreton-St-Paul	Une Rosserie	2	2	loc.
De Paniagua	Une sale Histoire d	3	2	loc.
Chassaigne	Une table de café	2	»	4 »
Robillard	Une tempête conjugale	1	1	4 »
Liger-Aubrun	Urticaire (L')	4	1	loc.
Hébrekern-Latourette	Vache à Palu (La) d	4	1	loc.
R. Planquette	Valet de cœur (Le)	1	1	4 »
St-Paul	Vase de Soissons (Le)	3	2	loc.
J. Walter	Végétariens (Les) d	7	2	loc.
Robillard	Vengeance de Ramolli (La)	2	1	4 »
L. Roques	Vénus infidèle (Retour de mari) d	1	2	4 »
Autigeon	Vie de garçon (La) d	6	16	loc.
Lebreton-Moreau	Vierges du chahut (Les) d	5	0	loc.
Desgranges	Vieux Sorcier (Le) d	3	2	6 »
—	Villa des Gaffes (La) d	»	»	loc
Lebreton-St-Paul	Vingt-cinq minutes d'arrêt	2	2	loc.
Burani-Planquette	Vingt-huit jours de Championnet d	6	4	loc.
Vallès-Talber	Vingt-huit jours de Gorenflot (Les)	7	3	loc.
Ratcée-Bordeaux	Vive la Classe d	6	8	loc.
Normand-Vallès	Vive les Bleus	7	4	loc.
Lebreton-Moreau	Vocation d'Isoline (La)	1	2	5 »
Jacobi	Voilà l'plaisir, mesdames	1	1	4 »
Ch. Hubans	Voiture à vendre d	2	»	4 »
Lebreton-Moreau	Volontaire de 92 (Le) d	7	2	4 »
Tac-Coen	Volontaire et vivandière	1	1	4 »
P. Talber-Delattre	Volupté des dames (La)	4	3	loc.
Guy-Nory-Marius	Zidore d	6	7	loc.

Livrets d'opérettes et de vaudevilles, net : 1 franc.

Vannes. — Imp. Lafolye. — 1901.

9 782019 917555